瑞蘭國際

法・英・中
語言趣味
對照祕笈

政大歐文系教授
阮若缺／著

施暖暖／插畫

前言

　　學習外語如同嬰兒牙牙學語，最初只能吐出單字，然後會造詞、造句。然而，學習另一國度的表達方式完全不痛苦嗎？它必定有其適應期。奇妙的是，人類就是有苦中作樂的本事，且會克服困難，並懂得分辨異同。如同魔術方塊，固然令人傷腦筋，但就因為它的複雜性，更突顯其苦盡甘來的成就感。

　　語言何嘗不是如此，我們除了縱向按部就班，先觀察單字、複合字的堂奧，然後進入慣用語階段，最後再探究尤具文化意涵的諺語外，並將法、英、中三語橫向交叉比較，像闖關遊戲般，從中尋獲語言的奧妙與構成的趣味。

　　外語學習不再只是硬記、死背，它的歷史軌跡和演變，還有與其他語言的交錯及影響，原來是那麼有趣。而人類的頭腦運動和觸類旁通的能力，便將這語言大機器發揮到淋漓盡致，我們以舉一反三、諧音押韻、正向推理、反向思考等方法，習得了不少常識與智識，順便吸取了聰明學習的妙招，不亦樂乎？

　　本書僅是個人拋磚引玉的外語學習筆記，搭配具象化的生動圖畫，給予讀者更多視覺刺激及提示，讓學習詞語變得既輕鬆又有趣，也期盼大家發揮接龍精神，發現更多更好的語言妙趣。

政大歐文系教授

於指南山麓

目次

La grosse légume 是什麼「大蔬菜」呀？

像_____般默不作聲？

MÉMO

Chapitre I

Drôle de vocabulaire
Funny vocabulary
字彙超有趣

la barbe à papa

L'amuse-bouche

snack

零嘴

法文是「嘴趣」，嗯！有趣、有趣；中文稱「零食」、「零嘴」，非主食啦。

....

l'arc-en-ciel

rainbow

彩虹

法文是「天弓」，英文是「雨弓」，兩者取其大自然造成的形象，
中文則是「彩虹」，還上了顏色呢。

....

l'argent de poche

pocket money, pin-money

零用錢

"pin" 是「針」，從字面上想即可知 "pin-money" 是「少量的錢」。此慣用語源於十四世紀的英
國，那時作丈夫的在每年一月一日或二日，會給妻子一年份的零用錢，就稱作 "pin-money"。
雖然金額不大，對妻子來說，卻是家計預算中不容忽視的部分。法文則是說「口袋錢」。

....

la barbe à papa

cotton candy

棉花糖

法文是「爸爸的鬍子」，英文就是棉花糖，中文也是。

le casse-cou

la boîte de nuit

night club

夜總會

法文照字面意思是「夜盒子」，有人會誤解成「夜壺」或「黑盒子」，
但實際意思是「夜店」或「夜總會」喔！

....

le bout de chandelle

chicken feed

微不足道的東西；小錢

"chicken feed" 是給雞吃的飼料，通常分量較少，品質又差，且無任何其它用途的穀物，因
此 "chicken feed" 就用來表示對於某一數目、水準或期望值而言，顯得相當「零碎、渺小而
微不足道的東西」。法文則以「蠟燭尾巴」表微不足道的東西。

....

le boute-en-train

live wire

靈魂人物

法文的意思是「火車頭」，帶頭者；英文是「活電線」，中文則是「靈魂人物」。

....

le casse-cou

dare devil

冒失鬼

法文是「把脖子弄斷者」，當然太危險了；英文是「大膽的惡魔」，
自是個大麻煩；中文則是「冒失鬼」，也是個莽撞的麻煩人物。

le casse-croûte

le casse-croûte

snack

快餐

法文字面意思是「破硬殼」，指的是法式長棍麵包兩端較硬處，
剝開充饑當槓子頭（一種中國北方傳統乾糧）吃，就成「快餐」啦。

....

le casse-pieds

pain in the neck

討厭鬼

砸到人家的腳，當然是個討厭鬼！英文則是「令人頸疼」，
和中文「如鯁在喉」異曲同工，也很傳神。

....

le cerf-volant

kite

風箏

法文是「飛鹿」，跑得快、飛得高喔！

....

la chair de poule

goose pimples

雞皮疙瘩

中、法文是「雞皮」，英文則是「鵝皮」！

le coffre-fort

le château en Espagne

build a castle in Spain

建空中樓閣；作白日夢

在古代摩爾人統治西班牙時，有位法國人自吹自擂地說要把城堡帶到西班牙，
但是他在西班牙遺棄一位妙齡少女才是真的。此法文慣用語 "château en Espagne"
（西班牙的城堡）和英文 "a castle in the air"（空中樓閣）的說法，都延伸成無法實現的夢想。

....

le chauve-souris

bat

蝙蝠

法文的蝙蝠難道真的是「禿子」嗎？

....

le cochon d'Inde

guinea pig

天竺鼠

法文的天竺鼠來自「印度」，英文源於「幾內亞豬」？中文則來自「天竺」？

....

le coffre-fort

safe

保險箱

法文是「堅固的箱子」，當然保險啦！

l'eau gazeuse

le concombre de mer

sea cucumber

海參

法文、英文都是「海黃瓜」！

....

le coup de foudre

love at first sight

一見鍾情，被電到了

當然那就是天雷勾動地火！法式愛情不只是電到而已，而是被雷打到，夠猛吧？！

....

l'eau gazeuse

sparkling water

氣泡水

英文的氣泡水還會bling、bling的！

....

l'essuie-tout

kitchen paper

擦紙巾

法文字面之意為「什麼都可以擦」，真是好用。

le fruit de passion

le fer à repasser

iron

熨斗

熨斗本是用鐵製成的，法文字面的意思就是「熨鐵」，英文就是「鐵」，中文則取其形狀，才會稱為「熨斗」。

....

le feu d'artifice

fireworks

煙火

法文是「人工火」，英文是「火工作」，中文是「煙火」，各有特色。

....

les fruits de mer

seafood

海鮮

法文是「海水果」，英文則是「海食物」。

....

le fruit de passion

passion fruit

百香果

法文、英文都叫「熱情果」，中文較含蓄，只香香的。

la grosse légume

le gros mot

coarse word

髒話

法文是「肥話」，英文是「粗話」，中文則是「粗話」、「髒話」。

....

la grosse légume

big cheese

大人物

不管是法文的「大蔬菜」，或英文的「大起司」，都是中文的「大人物」。
而英文中的小人物則是small potato（小馬鈴薯）。

....

la langue verte

blue movie

（與色情相關的）粗話

英文中有 "blue movie"，中文則有黃色笑話，法文有綠色語言。
雖然顏色不同，但跟顏色都「有染」。

....

les larmes des crocodiles

crocodile tears

鱷魚的眼淚

法文、英文都是「鱷魚的眼淚」，中文則是「貓哭耗子假慈悲」。

mon chou

le livre d'occasion

used book

二手書

英文是「用過的書」，法文的字面意思則是「機會書」。

....

le mille-pattes

centipede

蜈蚣

法文的蜈蚣有千隻腿，英文的蜈蚣只剩百隻腿，中文呢？

....

mon chou

sweet heart

我的心肝寶貝

法文是「我的小包心菜」，英文直稱「甜心」，中文則為「心肝」。都有「心」喔！

....

l'oreille

dog-ear

書頁的摺角；把書摺角

英文慣用語是以狗耳朵來比喻書頁的摺角。兼作名詞、及物動詞，
起源可溯至十七世紀中期。法文則直接以耳朵表示。

le papillon de nuit

le papillon de nuit

moth

蛾

法文是「夜蝶」，取飛蛾愛撲火吧。

....

le pare-balles

bulletproof

防彈

「擋子彈」當然可以防彈了。

....

le pare-brise

windscreen

擋風板

法文擋的是「微風」。

....

le pare-chocs

bumper

保險桿

"le pare-balles"、"le pare-brise"、"le pare-chocs" 三字都是複合字，
可一併學，它們都具有防護作用。

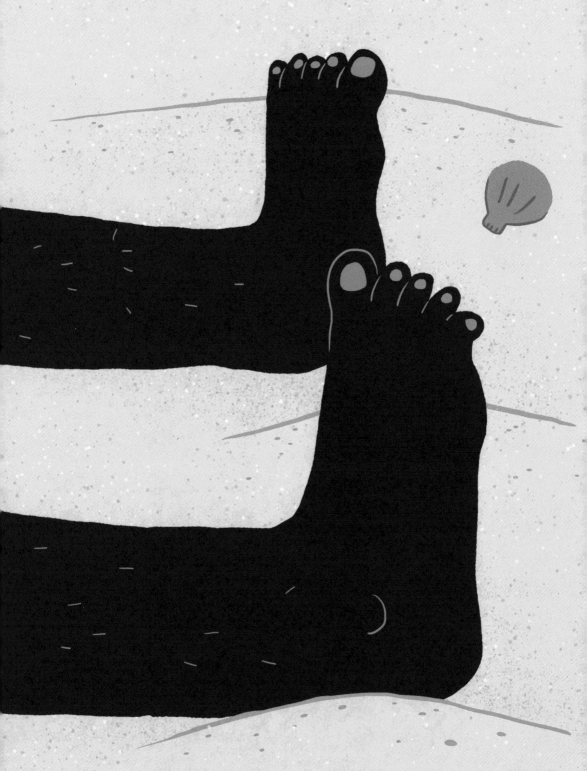

le pied-noir

le passe-partout

master key

萬用鑰匙

法文是「萬處通」，英文是「主人鑰匙」，中文則為「萬用鑰匙」。

....

le permis de conduire

driver's license

駕照

法文是「駕駛許可證」，英文是「駕駛證照」，中文也是。

....

le pied-noir

Algerian-born Frenchman

北非出生的法國人

法文字面意思是「黑腳」，指的是在北非（黑色大陸）出生的法國人。

....

le poisson d'avril

April fool

愚人節

法文是「四月魚」，英文是「四月傻子」，中文則不強調月份，
只玩「魚」、「愚」的文字遊戲。

le poisson rouge

le poisson rouge

goldfish

金魚

法文是「紅魚」，英文和中文則都是「金魚」。

....

le porte-bagages

luggage rack

行李架

"porte" 在法文中是「裝、盛」之意。

....

le porte-bonheur

lucky charm

吉祥物

....

le porte-bouquet

-

小花瓶

la porte-fenêtre

le porte-chapeau

hat rack

帽架

....

le porte-clé

key ring

鑰匙圈

....

le porte-couteau

knife rest

餐刀架

....

la porte-fenêtre

French window

落地窗

le porte-monnaie

le porte-malheur

-

不祥之物

....

le porte-manteau

coat hook

衣架

....

le porte-monnaie

purse

小錢包

....

le porte-parole

spokesperson

發言人

le pot-pourri

le porte-savon

soap dish

肥皂盒

....

le pot-de-vin

bribe

賄賂

法文字面意思是「酒壺」，賞點小酒當然是賄賂了。

....

le pot-pourri

dried flower

乾燥花

法文字面意思是「瓶中腐敗物」，其實指的是「乾枯的花」。

....

la poule mouillée

shrimp

膽小鬼

法文是「濕雞」，英文是「蝦」，取的是縮成一團的樣子。

le ver de terre

le pourboire

tip

小費

法文是「用來喝的」，中文的小費當然可以來買點喝的。

....

le saule pleureur

weeping willow

垂柳

柳枝下垂，好像在哭泣呀！

....

le ver de terre

earthworm

蚯蚓

法文、英文都是「土蟲」，它們都會鑽土啊。

....

le ver luisant

glow-worm

螢火蟲

法文、英文都是指「會發光的蟲」，中文則是「螢火蟲」，很詩意。

MÉMO

Chapitre II

Comme

As

超級比一比

changer d'opinion comme chemise

être soûl comme un âne

(as) drunk as a skunk

酩酊大醉

"skunk"（臭鼬）是初期到美國的拓荒者，引用印第安語來的一個單字，
指生氣或害怕時，會放出惡臭的一種小動物。
這個英文慣用語是最近才使用的，一般認為是 "skunk" 和 "drunk" 二字押韻，
唸起來很順而產生的。其它表示「酩酊大醉」而型態相同的比喻有
"as drunk as a fiddler (fish, lord)" 等；法文則是醉得像隻驢子。
關於驢子，法文還有另一種用法：當某人很固執（têtu），就會說他「和驢子般固執」，
跟中文的「驢脾氣」雷同。

....

être comme cul et chemise

like peas and carrots

形影不離

英文是如豆子和胡蘿蔔，法文是如屁股和襯衫，中文甚至用「穿同一條開襠褲」來形容。

changer d'opinion comme chemise

be capricious

經常改變主意（翻臉如翻書）

法文說「改變主意像換襯衫」，中文則是「翻臉如翻書」。

dormir comme un <u>loir</u>

s'entendre comme larron en foire

work hand in glove with

狼狽為奸

法文字面的意思是「相處如同市集的竊賊」。

....

dormir comme un loir

to sleep like a dog

睡得像隻死豬

睡鼠身長約十五公分，棲居樹幹，以果實為主，
冬眠時期自十月睡到四月，一年睡掉一大半，的確具代表性；
英文是「睡得像隻死狗」，中文則是「睡得像隻死豬」！

....

être bête comme ses pieds (une oie)

to be thick as a brick

愚笨無比；呆頭鵝

英文中罵人笨，是「厚得跟塊磚一樣」，法文則罵人「笨得跟自己的腳一般」，
或「笨得像頭鵝」，後者意思和中文不謀而合。

être muet comme un _poisson_ (une carpe)

rester planté comme un poireau
= faire le poireau
= poireauter
<=> poser le lapin

to cook one's wheels

久等、被放鴿子

法文是「像大蒜插在那兒」或「放兔子」，英文是「把輪子給煮了」，
我們是說「被放鴿子」，到底誰比較有創意？

....

être heureux comme
un poisson dans l'eau

as a duck takes to water

如魚得水

中文和法文表達方式完全相同，英文則是「如鴨得水」。

être muet comme
un poisson (une carpe)

silent as a stone

像魚（鯉魚）般默不作聲

像魚一般默不作聲。嗯，很安靜，你有聽過魚說話嗎？

être haut comme trois pommes

être haut comme trois pommes

to be tiny

矮冬瓜

堆起來若只有三顆蘋果那麼高，當然是矮得可以——everyday（矮肥短）啦！

....

fumer comme un pompier

to smoke like a chimney

老菸槍

法文取「消防隊員」成日與煙為伍，夠嗆了；英文的「煙囪」也是多煙處啊；
而中文的「老菸槍」也很傳神。

....

être laid comme un pou (un crapaud)
= être défavorisé par la nature

to be ugly as sin

奇醜無比、醜八怪、癩蛤蟆

法文中指人醜，便不客氣地與「跳蚤」或「蟾蜍」比，或「被大自然嫌棄」；
英文裡則認為是種罪惡。我們會客氣地說「長得很愛國」、「很遵守交通規則」，
或直呼「癩蛤蟆」、「醜八怪」，嗚嗚嗚！

être nu comme un <u>ver</u>

boire comme un <u>trou</u> (un polonais)

to drink like a fish

牛飲

喝東西像個無底洞或像隻魚，都不得了！

....

pleurer comme un <u>veau</u> (comme Madeleine)

to cry one's eyes out

嚎啕大哭，哭成淚人兒

試想小牛待宰落淚的楚楚可憐狀！英文則是把「眼睛都哭出來了」，真嚴重！
至於 "pleurer comme Madeleine"，據聖經中記載，Madeleine的哭功一流，
和孟姜女一般，就差沒哭倒萬里長城了！

....

être nu comme un <u>ver</u>

in one's birthday suit

一絲不掛

法文字面的意思是「如蟲般一絲不掛」，
英文則是「著生日服裝」，指剛誕生的時候，光溜溜的吧！

MÉMO

Chapitre III

Expressions imagées

Imaginary idioms

圖像片語

Il y a <u>anguille</u> sous roche.
= Il y a quelque chose qui cloche.

Il y a <u>anguille</u> sous roche.
= Il y a quelque chose qui cloche.

Fishy
= There's a snake in the grass.
= There's something rotten in Denmark.

事有蹊蹺

"fishy" 是「像魚的」，但它究竟是指像魚的哪種性質呢？魚有腥味，而且很滑，
很難抓住，所以 "fishy" 除了可指「像魚的；魚腥味的」以外，還引申為「可疑的；
令人難以相信的」。法文則以「鰻魚」在石頭下，表示事有蹊蹺。
法文的「在岩石下有鰻魚」或「有東西會響」和英文的「草裡有蛇」或
「在丹麥有東西生鏽了」都怪怪的，所以「事有蹊蹺」。

....

avoir une <u>araignée</u> dans le plafond

to have bats in the belfry

精神失常，腦袋有問題

法文是「屋頂上有蜘蛛」，英文是「鐘樓裡有蝙蝠」，
這就是中文所說的「腦袋有洞」！

mener (envoyer) quelqu'un en bateau

jeter l'argent par les fenêtres

to throw money down the drain

揮金如土

法文是「從窗戶丟錢」，
英文是「把錢丟到水槽」，
中文則是「揮金如土」。
總之都「亂丟」東西，當然浪費。

....

ne pas être dans son assiette

to be under the weather

低氣壓；心情不佳

"assiette" 指的是一種平衡狀態，「不在自己的盤子裡」？這是什麼碗糕？
早在16世紀 "assiette" 指的是騎士的馬鞍，若在馬鞍上沒坐穩，自然身體失衡，
感覺不自在啦。十八世紀後引申為身心失調。
英文的「在天氣之下」則和中文的「低氣壓」頗雷同。

....

mener (envoyer) quelqu'un en bateau

to lead somebody up the garden path

打發某人

不論是法文的「送某人上船」或英文的「送某人去花園小徑」，
都是打發他人，叫人家閃邊涼快。

avoir le <u>bras</u> long

mettre la charrue avant les bœufs

to put the cart before the horse

本末倒置

馬車是馬在前，車在後；如果將車置於馬前，則毫無意義，完全是本末顛倒。
在法文中也可見到與此類似的說法，只是換成了牛而非馬。
法文是用「牛」，英文是用「馬」，是風馬牛不相及嗎？總之就是「本末倒置」。

....

joindre les deux bouts

make both ends meet

使收支相抵；量入為出

如果支出超過收入的話，則收支兩端無法接合，就不得不借貸了，
原意是節約經費，由「使斷絕的兩端繫合」轉意而來。

....

avoir le bras long

long sleeves help one dance beautifully

長袖善舞

法文是「手臂長」，中文是「袖子長」！

la brebis galeuse = le mouton noir

la <u>brebis</u> galeuse = le mouton noir

black sheep

害群之馬;敗類

"black sheep" 是「黑羊」,
特指有損團體名譽的「害群之馬」,或家庭中的「不肖子女」。
有此比喻的緣故,是因為羊通常是白色的,
有黑羊出現,或生出變種,便破壞了群體的一致性。
不過有時候這成語也不帶惡意,可以指特異的人,
或用於談笑之間。

....

le <u>canard</u> boiteux

lame duck

跛鴨

跛腳鴨 "lame duck" 一詞源於英國。
最初, "lame duck" 被人們用來形容那些在股票市揚輸光了的投機客,
無力還債,被趕出了股市,一副垂頭喪氣的樣子,
像隻跛腳鴨子搖搖擺擺地走了出來。

avoir un <u>chat</u> dans la gorge

appeler un chat un chat

to call a spade a spade

直言不諱

貓就是貓，鏟子就是鏟子，沒得商量的，
那就是「直言不諱」、「打開天窗說亮話」囉。

avoir d'autres chats à fouetter

to have other fish to fry

有別的事忙

法文是「有其他的貓去打」，英文是「有其他的魚去煎」，
中文則有另一句相反的成語：「下雨天打孩子，閒著也是閒著」。

avoir un chat dans la gorge

to have a frog in one's throat

喉嚨癢

「喉嚨癢到像貓在裡頭一般」，那鐵定是跟香港腳有得比了！
但到了英文裡竟然貓兒變成青蛙！
喂！青蛙王子，你愛玩深喉嚨的遊戲啊？
不過，老美是常譏笑老法是frog，
他們覺得法國人說話的聲音像青蛙叫！

jeter des perles aux <u>cochons</u> (pourceaux)

jeter des perles aux <u>cochons</u> (pourceaux)

to cast pearls before swine

對牛彈琴

英、法文都是「把珍珠丟在豬面前」，既然有眼不識泰山，
自然「對牛彈琴」啦。

....

Il pleut des <u>cordes</u>. = Il pleut à verse.

It rains cats and dogs.

傾盆大雨

法文中是「下繩子」：千根線，萬根線，掉到水裡看不見；
英文則是「下貓下狗」。
法文的形容很具影像化，落粗繩就一定看得見了。

....

faire les quatre cents <u>coups</u>

to paint the town red

放浪形骸

不論是「敲四百下」或「把城漆成紅色」、亂塗鴉，
都夠胡鬧的，生活自是放浪形骸。

être son <u>dada</u>

Couteau

mettre le couteau sous la gorge de quelqu'un

to hold the pistol at somebody's head

要脅某人，刀抵著脖子

不論「刀抵著脖子」或「槍抵著頭」都很難受，
不過英文的武器比較猛，
總之當然是遭威脅囉！

....

Dada

être son dada

one's cup of tea

所喜好之物

茶葉在17世紀傳入英國，
最初只是貴族和社會名流的昂貴飲料，一般老百姓無力購買。
在維多利亞女王時代，飲茶之風上行下效，
文人名士也跟著培養此好，甚至為其寫詩作詞，附庸風雅。
儘管如此，喝茶成為英國的「國飲」，全國上下皆熱中此道，
則是第一次世界大戰之後才逐漸蔚為風氣的。
對於英國人來說，某件東西不是他喝的茶（not his cup of tea），
是相當不以為然的說法，除了不喜歡外，還含有討厭憎惡的意思。
"dada" 在法文兒語指的是馬，為法國人喜愛的動物，
因此 "être son dada" 當然指的是心愛之物。

*s'envoyer des **fleurs***

s'en mordre les doigts

to kick oneself for something

扼腕，捶胸頓足

法國人懊惱時只會「咬指頭」，英語系國家則「踢自己」，
中國人可以「扼腕」，也可能猛到「捶胸頓足」呢！

....

un éléphant dans un magasin de porcelaine

a bull in a china shop

笨手笨腳

不管是大象還是牛，只要他們進了瓷器店，不慘才怪！

....

s'envoyer des fleurs

to blow one's own trumpet

互相吹捧

法文是「互拋花朵」，頗有錦上添花的意味。
至於英文，這字面翻「吹喇叭」，就很難笑了！
畢竟，此吹非比吹呀，容易產生誤會。

passer l'arme à <u>gauche</u>

passer l'arme à gauche

to kick the bucket

翹辮子

在西方，左邊總是表不好的一面，連武器都放左邊了，不是死是什麼？
英文中是「踢桶子」，中文則是「翹辮子」。

se lever du pied gauche

get up from the wrong side

一早心情就不好

不論「抬左腳下床」或「從錯的一邊起床」（左邊），心情都好不起來！

....

Ils se ressemblent comme deux gouttes d'eau.

They are as like as beans.
= They are as like as peas in a pod.

如一個模子印出來的一樣

法文是「像兩水滴」，
英文是「像兩粒豆子」，
中文則是「同個模子印出來的」，
所以差不多啦。

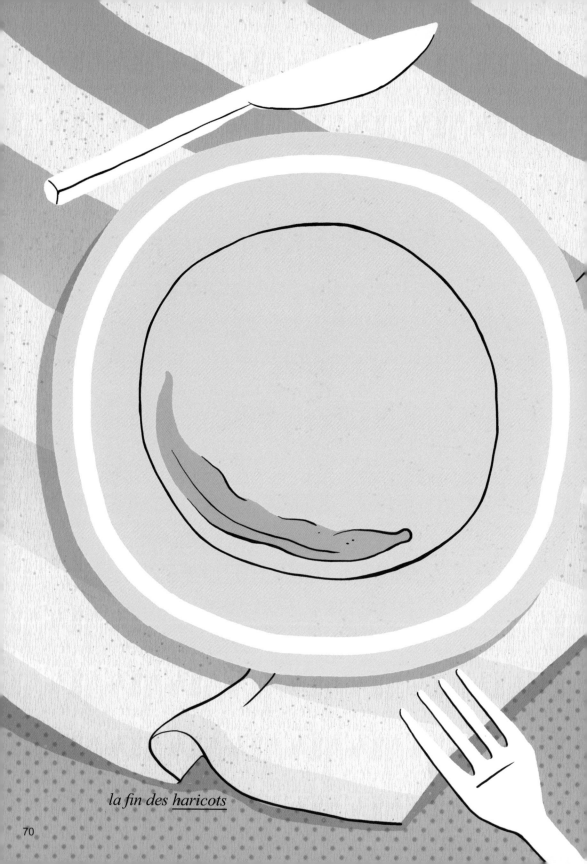

la fin des haricots

avoir un grain

to be a nut

瘋瘋癲癲，頭殼壞去

這裡的 "grain"，是指「頭殼」，
而不是一粒或一顆種子，
英文腦袋有核桃，那非短路不可了。

....

la fin des haricots

the last straw

一切都完了

四季豆在法國是很普通的蔬菜，如果已經是「最後的豆子」，那就完了。
英文則是「最後的稻草」。
不管是最後的「豆子」或最後的一根「稻草」，反正是完了。

....

mettre l'huile sur le feu

to add fuel to the flames

火上加油

咦！法文和中文都是「火上加油」！

avoir la <u>langue</u> bien pendue

avoir la langue bien pendue

to talk a blue steak

喋喋不休

法文是「舌頭很垂」，話不多才怪，就是指長舌啦。
英文的「藍牛排」，可是說了一大塊肉啊。

....

faire des lèche-vitrines

to go window-shopping

光看不買

法文是只能「舔玻璃櫥窗」，當然是乾過癮啦；
英文則是「櫥窗購物」，也只是看得到、摸不著。

....

quand on parle du loup...

speaking of the devil

說曹操曹操就到

法文是談「狼」，英文是談「鬼」，中文則說「曹操」。

avoir une faim de <u>loup</u>

se jeter dans la gueule du loup

to put your head in the lion's den

送入虎口

法文是「入狼口」，
英文是「把頭放入獅子窩」，
中文則是「入虎口」。
哪個比較可怕？！

mettre le loup dans la bergerie

to set the cat among the pigeons

引狼入室

法文是「把狼放在羊舍中」，
英文是「把貓跟鴿子放一起」，
中文是「引狼入室」，
想想後果，都頗嚇人的喔。

avoir une faim de loup

to be very hungry

飢腸轆轆

跟狼一樣餓，當然是「飢腸轆轆」。

avoir la <u>main</u> verte

avoir la <u>main</u> verte

to have a green thumb

很會種植物，綠手指

法文是「綠手」、
英文是「綠拇指」，
中文乾脆說「綠手指」了！

prendre quelqu'un la <u>main</u> dans le sac

to catch somebody red-handed

當場被逮

「手插在別人的袋子裡被逮」，當然是現行犯。
英文是「手紅紅的」，鐵證如山，自是難以狡辯。

mettre la <u>main</u> à la pâte
= mettre (fourrer) son nez partout
= mettre les pieds dans le plat

to stick one's foot in one's mouth
= to put one's shoulder to the wheel

插手管事

「把腳踩在盤子中」或「把腳插在嘴裡」同樣令人作噁，
真是多管閒事多吃……。
反正把身體器官放在不當處，
就是莫名其妙。

écraser une <u>mouche</u> avec un marteau

écraser une <u>mouche</u> avec un marteau

to take a hammer to crack a nut

殺雞用牛刀，小題大作

法文是「用槌子壓扁一隻蒼蠅」，
英文是「用槌子砸核桃」。
中文「殺雞用牛刀」蠻傳神的。

....

mener quelqu'un par le bout du <u>nez</u>

to twist somebody round your little finger

牽著某人鼻子走，玩弄某人於股掌之間

法文與中文的意象較接近「牽著鼻子走」，英文與中文則都有偏向手指或手掌的意象。

<u>nez</u> à <u>nez</u> avec

face to face with

面對面

中文和英文都是「面對面」，法文則是「鼻子對鼻子」！

79

marcher sur des œufs

Œuf

marcher sur des œufs

to skate on thin ice

如臨深淵，如履薄冰

中文與英文意象雷同，都是「走在冰上」，
法文則是「走在蛋上」，
不過兩種形容皆一樣危險。

....

Pain

gagner le pain

to bring home the bacon

達成任務；養家活口

法國人麵包比醃肉重要，所以要養家活口，就得靠麵包了；
而英國人顯然較愛肥滋滋的培根。

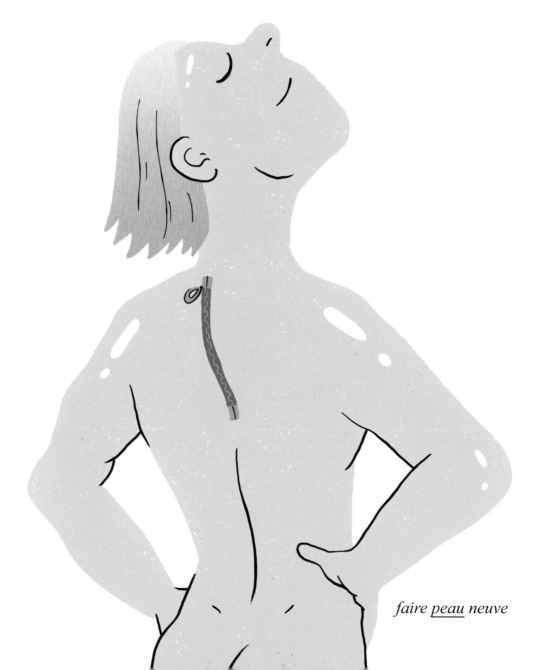

faire peau neuve

faire peau neuve

to make a thoroughgoing change

耳目一新、脫胎換骨

法文是「換了一層皮」，中文先是「眼睛、耳朵」先換，後來乾脆連骨頭也換了。

ne pas être dans sa peau

to be not at ease

不自在

「不在皮裏」、「骨皮分離」，當然就覺得不自在。

....

casser les pieds à quelqu'un

to give someone a pain in the neck

惹人厭，找人麻煩，砸某人腳

原本是表示糾纏不清，惹人討厭的說法則始於19世紀末。
還有 "casser la tête à quelqu'un" 也是同樣的意思，
反正不管砸腳或砸頭，都很要人命的！
英文則是讓人「頸子痛」，當然惹人厭。
中文的「如鯁在喉，如刺在背」，意境頗接近。

finir en queue de poisson

faire d'une <u>pierre</u> deux coups

to kill two birds with one stone

一石二鳥

英文和中文在此都是「一石二鳥」，
法文只是未指明擊中的標的物。

......

mettre le doigt sur la <u>plaie</u>
= remuer le couteau dans la <u>plaie</u>

rub it in (someone's face) = rub salt into someone's wounds

觸到痛處，在傷口上灑鹽

不論「手指放傷口上」或「用刀子戳傷口」，跟中文的「往傷口處灑鹽」，都讓人痛得受不了。

......

finir en queue de <u>poisson</u>

start off with a bang but end up with a whisper

虎頭蛇尾

法文是「以魚尾巴結束」，那就游走了；
英文是最後「變得很小聲」，
中文的虎頭蛇尾則突顯反差很大。

tourner autour du <u>pot</u>

passer de la <u>pommade</u> à quelqu'un
= lécher le cul (les bottes) à quelqu'un

to butter somebody up

拍馬屁

法文和英文都是「塗油」，
只是法文更狠：「舔靴子、舔屁股」。
比拍馬屁更毒。

....

tourner autour du <u>pot</u>

to beat around the bush

拐彎抹角

「繞著罐子轉」當然沒結果；
「在灌木叢裡繞來繞去」也一樣一事無成。

se lever avec les poules

tuer la <u>poule</u> aux œufs d'or

to kill the goose that lays the golden eggs

殺雞取卵；竭澤而漁

管牠是「金雞母」或「金鵝母」，格殺勿論！哇咧！

se lever avec les <u>poules</u>

to get up with the lark

聞雞起舞

法文是「和母雞起床」，英文是「和雲雀一塊起來」，
而中文的「聞雞起舞」，指的應該是公雞吧。

···

travailler pour des <u>prunes</u>

to work for peanuts

白做工，徒勞無功

「李子」、「花生」都是意指微不足道的事物。

la <u>prunelle</u> de ses yeux

la prunelle de ses yeux

apple of one's eye

掌上明珠；鍾愛之物

法文是「眼中的李子」，英文是「眼中的蘋果」，
中文則是「掌上明珠」。
共同點是，李子、蘋果和珠子都圓圓的。

....

se mettre sur son trente et un

to wear one's Sunday best, dressed up to the nines

打扮得體面，著華服

它的來源在法文中有幾種說法：
1. 是 "trentain" 的誤讀。而 "trentain" 是一種高級布料。
2. 是把牌局中贏的點數聯想在一塊兒。
3. 19世紀時，發薪水的日子是每月最後一天。
那英文怎麼跟阿拉伯數字9扯上關係？啊！That is a question.

....

voir trente-six chandelles

to see stars

眼冒金星

中文和英文看到的都是星星，
說法語的，卻「看見36支蠟燭」！

une tempête dans un <u>verre</u> d'eau

être au bout du <u>tunnel</u>

to be out of the wood

出頭，柳暗花明又一村

法文是「在山洞盡頭」，英文是「走出森林」，
反正都是重見光明。

....

une tempête dans un <u>verre</u> d'eau

a storm in a tea cup

茶杯裡的風暴

不管是水杯、茶杯、茶壺，滾燙的水悶在裡面，
大悶鍋遲早都會爆的。

....

retourner sa <u>veste</u>

to change your colors

改變主意

法文是「轉外套」，英文是「改顏色」，
中文類似的詞是「翻臉如翻書」。

n'avoir pas les <u>yeux</u> dans sa poche

n'avoir pas les <u>yeux</u> dans sa poche

keep one's eye open

提高警覺

法文的「眼睛不在口袋裡」，
英文的「睜大眼睛」，
都表示「提高警覺」呀！

coûter les <u>yeux</u> de la tête
= coûter la peau des fesses

to cost an arm and a leg = to pay through the nose

價值連城，貴得要命，吃人呀！

法文俗語中，眼睛常表珍貴之物，
若跟眼睛（或屁股皮膚）那般貴，那還得了！
講英語的人，手和腿比較重要，
所以 "cost" 一隻手臂和一隻腿。
中國人碰上吃人的價格，
則有切「膚」之痛或者會很「心」疼。

MÉMO

Chapitre IV

Proverbes non-conventionnels

Non-conventional proverbs

諺語不俗

Ils sont innocents comme l'<u>agneau</u> qui vient de naître.

Ils sont innocents comme l'agneau qui vient de naître.

They're babies in the woods.

他們有如張白紙。

他們很無辜。法文是像「初生的羔羊」，
英文是「森林裡的嬰兒」。
中文則有初生之犢、或「像張白紙」的說法，
都表示其純潔無暇。

....

Il ne faut pas brûler la chandelle par les deux bouts.

You can't burn the candle at both ends.

蠟燭不能兩頭燒，勿操勞過度。

La nuit, tous les <u>chats</u> sont gris.

<u>Chat</u> échaudé craint l'eau froide.

Once bitten, twice shy.

一朝被蛇咬，十年怕草繩。

「被燙過的貓，連冷水都怕」，
「一旦被咬，二回自害羞」和「一朝被蛇咬，
十年怕草繩」其實都是異曲同工啊。

Ne réveillez pas le <u>chat</u> qui dort.

Wake not a sleeping lion.
Let the sleeping dogs lie.

勿惹事生非，勿打草驚蛇。

法文是「別吵醒睡貓」，
英文是「不要吵醒熟睡的獅子（或狗）」；
總之，勿打草驚蛇。

La nuit, tous les <u>chats</u> sont gris.

All cats are gray in the dark.

天下烏鴉一般黑。

中文借用烏鴉的毛色，
英、法文則是「晚上，所有的貓都是灰色的。」

Un <u>clou</u> chasse l'autre.

Chien

Un <u>chien</u> regarde bien un évêque.

A cat may look at a king.

狗眼看人低。

哇！法文的狗會重視主教，英文的貓則看重國王！中文取反面意思。

....

Clou

Un <u>clou</u> chasse l'autre.

Life goes on.

長江後浪推前浪。

法文是「釘子趕走另一個釘子」。

....

Corde

Il ne faut point parler de <u>corde</u> dans la maison d'un pendu.

A burnt child dreads the fire.

一朝被蛇咬，十年怕草繩。

法文是「別在上吊者的家談論繩子」，英文是「灼傷過的小孩怕火」，
中文則意指「一朝被蛇咬，十年怕草繩」。

Qui craint le <u>danger</u> ne doit pas aller en mer.

Qui craint le <u>danger</u> ne doit pas aller en mer.

If you can't stand the heat, go out of the kitchen.

怕熱就別進廚房。

法文是「怕危險就別出海」，英文這一句，我們中文也常用。

....

Il ne faut jamais dire «<u>Fontaine</u>, je ne boirai pas de ton eau !».

Never say never.

一語成讖。

法文是「泉水，我不會喝你的水！」，英文字面意思是「絕不說絕不」，
以免如中文所說：一語成讖。

....

C'est en forgeant qu'on devient <u>forgeron</u>.

Practice makes perfect.

熟能生巧。

中、英文意義雷同，法文則是「要打鐵才能成為鐵匠」。

Une <u>hirondelle</u> ne fait pas le printemps.

Il n'y a pas de <u>feu</u> sans fumée.

There is no smoke without fire.

無風不起浪。

英法文同是「無火不生煙」，
中文則是「無風不起浪；事出必有因」。
口傳的謠言雖經人加油添醋，
但仍有其幾分道理。

....

Une <u>hirondelle</u> ne fait pas le printemps.

One swallow does not make a summer.
A straw will show which way the wind blows.

不妄下定論。

一根稻草的擺動，可以顯現風向；這是取「見微知著」之意。
但此處法文表達的是一燕不足以知春；一葉不足以觀秋。燕子是一種候鳥，喜歡溫暖的地方。
英文則是：一隻燕子來了，不表示夏天已經來臨；
同樣的，不能憑一個例子而下定論。

La faim chasse le _loup_ du bois.

Les <u>loups</u> ne se mangent pas entre eux.

There is honor among thieves.

虎毒不食子。

法文是「惡狼不食同類」，英文是「盜亦有道」，
中文則是「虎毒不食子」。

La faim chasse le <u>loup</u> du bois.

Necessity knows no law.

飢寒起盜心。

法文是「飢餓令狼跑出樹林」，跟中文的意象雷同。

....

Un <u>malheur</u> ne vient jamais seul.

It never rains but it pours.

福無雙至，禍不單行。

英文很有趣：「天不下雨，它用倒的。」
中文、法文則都是「禍不單行」。

Revenons à nos <u>moutons</u>.

Ce n'est pas la <u>mer</u> à boire.

It's a piece of cake.

小事一樁。

法文是不像「海水那麼難喝光」，英文是「一塊蛋糕」，
他們都分別以吃、喝來表示「事情很容易」。

....

Il vaut mieux aller au <u>moulin</u> qu'au médecin.

An apple a day keeps the doctor away.

預防勝於治療。

英文是「每日一蘋果，醫生閃邊去」，法文則是「寧可去磨坊，也不去看醫生」。
它們都表示食補勝於醫療。

....

Revenons à nos <u>moutons</u>.

Let's get back to the subject.

言歸正傳。

法文典故來自中古故事 *Maître Pathelin*（巴德蘭律師）：
當話題扯遠了，就說「回到我們的綿羊身上」。

Va te faire cuire un <u>œuf</u> !

Les <u>murs</u> ont des oreilles.

Walls have ears.

隔牆有耳。（注意自己說話的內容和場合。）

三種語言都是牆有耳朵耶！

....

Mon <u>œil</u> !

My foot!

才怪，我不信，活見鬼。

英文說「我的腳」，法文說「我的眼」，啥？都是單數喔！
中文則會說是「真的我頭給你」。
可見身體器官有多重要啊。

....

Va te faire cuire un <u>œuf</u> !

Go fly a kite!

去你的蛋！

法文是「去煮你的蛋」，英文是「去放風箏吧」，
都是「閃邊涼快」的意思。

À chaque oiseau son nid est beau.

Oignon

Ce n'est pas mes oignons.

It's not my pigeon.

這不干我的事。

這一句英法文説法都很有趣：
一個是「這不是我的洋蔥！」，另一個是「這不是我的鴿子！」；
中文則乾脆説「干我屁事」，好嗆！

....

Oiseau

À chaque oiseau son nid est beau.

East or west, home is best.

金窩銀窩不如自己的狗窩。

法文以鳥窩比喻自宅，
中文則是用狗窩比喻家宅。

....

Ours

Il ne faut pas vendre la peau de l'ours avant de l'avoir tué.

Don't count your chickens before they are hatched.

別先打如意算盤；不要過早樂觀。

英文是「小雞孵出之後才算數」，法文字面意思是「別在殺了熊之前賣熊皮」。

Les gros poissons mangent les petits.

Après la <u>pluie</u>, le beau temps.

Every cloud has a silver lining.

雨過天青；烏雲背後是銀邊。

法文、中文是同一意象，英文則不然。

....

Les gros <u>poissons</u> mangent les petits.

Big fish eats little fish.

大魚吃小魚。

....

Quand les <u>poules</u> auront des dents.
= Quand les <u>poules</u> porteront les œufs au marché.

When pigs have wings. = When hell freezes over.

除非太陽打西邊出來。

法文是「當母雞長牙」，英文是「當豬長翅膀」或「當地獄凍結」，
中文則為「除非太陽打西邊出來」。說穿了，都表示不可能。

117

Ils trouvent les <u>raisins</u> trop verts.

Nul n'est <u>prophète</u> en son pays.

No man is a prophet in his own country.

遠來的和尚會念經。

英、法文都是「在自己國內非先知」，中文則反面表述。

....

Ils trouvent les <u>raisins</u> trop verts.

Sour grapes.

吃不到葡萄説葡萄酸。

英文和中文都是「酸葡萄」，法文則是「葡萄太綠」！

....

Je suis fait comme un <u>rat</u>.

My goose is cooked. / I'm cornered.

我被耍了；我被逼到牆角；我如甕中之鱉。

可憐的法國「老鼠」，可憐的英國「鵝」，可憐的中國「鱉」！

À votre <u>santé</u> !

Qui se ressemble s'assemble.

Birds of a feather flock together.

物以類聚。

....

À votre santé !

Cheers!

乾杯！

法文是「祝身體健康」！英文是「開心」啦！
瑞士法語則是當有人打噴嚏時，會說「Santé！」。

....

On n'apprend pas à un vieux singe à faire des grimaces.

Don't teach my grandmother to suck eggs.

班門弄斧；別在孔子面前做文章，在關公面前耍大刀。

法文是「別教猴子做鬼臉」，英文是「別教我祖母吸蛋」，
中文則是「別在孔子面前做文章」，它們都表示不要自作聰明，自以為是。

À vos souhaits !

À vos <u>souhaits</u> !

Bless you!

保重！（對方打噴嚏時的問候語）

....

Autres <u>temps</u>, autres mœurs.

Times change.

此一時彼一時也；時代不同啦！

....

Autant de <u>têtes</u>, autant d'avis.

Too many cooks spoil the booth.

人多口雜，三個和尚沒水喝。

法文、中文都有「人多口雜」的意象；而英文句子中有「廚子」，中文則有「和尚」。

123

Dites <u>trente-trois</u>.

Ce sont les tonneaux vides qui font le plus de bruit.

Empty vessels make the most noise.

半瓶醋晃得最厲害。

英、法文都是「空瓶聲音最大」。

....

Trente-trois

Dites trente-trois.

Say ninety-nine.

説晚安（難道他們要數羊啊？）

英文是99，法文是33。

....

Un de perdu, dix de retrouvé.

Out with the old, in with the new.

舊的不去，新的不來。

法文字面意思是「去一個，找回十個」，
中文則僅以新舊表得失。

Quand le vin est tiré, il faut le boire.

Qui casse les <u>verres</u> les paie.

As you make your bed, so you must lie upon it.

自作自受;自作孽不可活。

法文是「打破杯子要賠」,
英文是「自作床,自己躺」!

....

Quand le <u>vin</u> est tiré, il faut le boire.

As you make your bed, so you must lie upon it.

君子一言既出,駟馬難追。

法文是「酒瓶開了,就得喝」,
英文還是「自作床,自己躺」。

....

<u>Vouloir</u>, c'est pouvoir.

Where there's a will there's a way.

有志者事竟成。

三語都力求對稱或押韻。

Loin des yeux, loin du cœur

Loin des <u>yeux</u>, loin du cœur.

Out of sight, out of mind.

眼不見，心不煩。

中英法三語此表達方式雷同，英、法語則力求對稱或押韻。

參考資料

Blum Geneviève (1989), *Les Idiomatics*, Paris: Seuil

Cassagne Jean-Marie (1996), *101 French Proverbs*, Lincolnwood : Passport Books

Cassagne Jean-Marie (1996), *101 French Idioms*, Lincolnwood: Passport Books

Chiflet Jean-Loup (1989), *Skymy wife! Ciel ma femme!*, Paris : Carrère

Chollet Isabelle, Robert Jean-Michel (2010), *Les expressions idiomatiques*, Paris : CLE international

Duneton Claude (2016), *La puce à l'oreille*, Paris : Balland

Duneton Claude (2005), *Au plaisir des mots*, Paris: Editions Denoël

Lupson P. & Pélissier M. L. (1989), *Guide to French Idioms*, Lincolnwood: Passport Books

Mory Catherine (2015), *Au Bonheur des expressions françaises*, Paris: Larousse

Nisset Luc (2006), *French in your face!*, New York : Mc Graw-Hill

Planelles Georges (2016), *Les 1001 expressions préférées des Français*, Paris: Editions de l'Opportun

Thiry Paul, Moreau Philippe, Seron Michel (1999), *Vocabulaire français*, 14e édition, Bruxelles : Duculot

Vergne-Rudio Alice (1987, 1994), *Imagez votre français*, Lambersart : Editions Nordeal

Encyclopédie des expressions françaises

http://www.linternaute.com/expression/ (consulté en 2020)

久松健一（2002），懂英文就會説法語（夏樹譯），台北：如何出版社

呂玉冬主編（2017），*Locutions françaises et animaux*（法語學習中的動物世界），上海：東華大學出版社

阮若缺、謝維理（1985），法文諺語詳解手冊，台北：歐語出版社
阮若缺（1995），法語聯想學習辭典，台北：文橋出版社
阮若缺（2008），英法文雙向通，台北：天肯出版社

國家圖書館出版品預行編目資料

法‧英‧中 語言趣味對照祕笈 / 阮若缺著；施暖暖插畫
-- 初版 -- 臺北市：瑞蘭國際, 2020.08
136面；17 x 23公分 --（繽紛外語系列；98）
ISBN：978-957-9138-92-5（平裝）
1.外語教學 2.語言學習

800.3   109010950

繽紛外語系列 98

法‧英‧中 語言趣味對照祕笈

作者｜阮若缺‧插畫｜施暖暖
責任編輯｜葉仲芸、王愿琦
校對｜阮若缺、劉書華、沈韻庭、葉仲芸、王愿琦

封面設計｜施暖暖
版型設計｜余佳憓
內文排版｜余佳憓、林士偉、陳如琪

瑞蘭國際出版

董事長｜張暖彗‧社長兼總編輯｜王愿琦
編輯部
副總編輯｜葉仲芸‧副主編｜潘治婷‧文字編輯｜鄧元婷
美術編輯｜陳如琪
業務部
副理｜楊米琪‧組長｜林湲洵‧專員｜張毓庭

出版社｜瑞蘭國際有限公司‧地址｜台北市大安區安和路一段104號7樓之一
電話｜(02)2700-4625‧傳真｜(02)2700-4622‧訂購專線｜(02)2700-4625
劃撥帳號｜19914152 瑞蘭國際有限公司
瑞蘭國際網路書城｜www.genki-japan.com.tw

法律顧問｜海灣國際法律事務所　呂錦峯律師

總經銷｜聯合發行股份有限公司‧電話｜(02)2917-8022、2917-8042
傳真｜(02)2915-6275、2915-7212‧印刷｜科億印刷股份有限公司
出版日期｜2020年08月初版1刷‧定價｜380元‧ISBN｜978-957-9138-92-5

瑞蘭國際